詩集

夢の自画像

紀の﨑 茜

Kinosaki Akane

文芸社

目次

第一章

生きものへの思い

彼岸花

彼岸花が咲いた
土の中から手が伸びて

こちらを見ている

異界から遊びに来て
また異界へと還ってゆく

ここはこの世の
どこいらへん？

彼岸花が咲いている
血のように

殺《あや》め
殺められた
血みどろの手が
今しずかに発光する

わたしは見ている
赤い闇を
死者たちの物語を

魚の目

閉じられない

死んでから
考え始めるためです

草を刈る

青畳の
よい匂いがする
生ぐさい血が流れたのに

抜く

手の中で

合掌させられている草を

どくだみの花

十字を切っているのに

抜きながら
手が狩人に見えてくる

巻き貝

坂道を
登りつめた

空白の点

犬

犬の目は
宝石
哀しみが
閉じこめられていて
泣くことができない

かたつむり

すがりつく裸

さらす裸
踊りだせない指
電波を待っている
貝がらの中の梅雨空
墓標として残らない貝
航跡を引きながら
消えゆく船

すき焼き

すき焼きを食べる
牛の悲しみを食べる

葱

白から青へ
昇るあたりに

葱は
どんな夢
見ているでしょう

蝶

春の心が
蝶になって
咲いている

大根

大根引っ張って
地球引っ張られ

花

花を見ていると
ほんわかする

いただくのかしら
花のやさしさを

枯れ葉

ボレロを舞うように
一葉
一葉と

落ちゆく木の葉

切り株

お日様が
ぼろんと
腰かけている

さくら

前の世の
つづきのように
咲いている

花の下で
空気は
息を止められて

蝶

白い蝶ちょうが
一駅のって
降りてゆきました

茄子

あの深い色は
いったい

どこから来たのでしょう
夜空のしずくのように

雨に洗われ
なおも光り

木の無言

木よ
何も言わず
何も拒《こば》まず
ただそこに立っている
そこにいることだけが全《すべ》てであるように

だが木よ
大地に直立する
一本の生

きみが
そこに立っていなければ
世界は
嘘でかためた白紙になる

木が
無言であることの
〈徴《しるし》〉として

蟻

私の背が
今よりずっと地面に近かったころ
蟻をおもちゃにした
指でつまみ
手のひらにのせ
そして潰し——

通り過ぎていった
風のような記憶

今はわたしが
蟻におもちゃにされていて

地面より
わたしの顔の遠いところで

花

花を見つめていると
わたしまでが
うっとりとして

咲く

光る目

夜になると

犬の目が光る
トラや
ライオンや
鹿や
熊の目が
らんらんと光る

しかし

人間の目は
光らない

あげてしまったのだ
灯《あか》りに

花

花は
咲いてしまうと
考えはじめる

〈死〉を

花の明るさは
悲しみの
　炎だ!!

造花

息ができない
空気が貼りついていて
それは
死ぬ前の死
生を貼りつけようともがけば
なおのこと

牛の目

なにも見ていないような
牛の目

茫漠を承知で
その目のなかに
悲しみを探すと

牛ではない
己の心に
人は
ぶつかってゆく

牛の目

牛の目は
水たまり

牛は知っているだろうか
悲しみがそこに映っていることを
牛は覚えているだろうか
悲しみがそこから
　消え去っていたことがあったことを……も

牛の目は
牛の心の
水たまり

牛の包装

高速道路を走ってゆく

一台のトラック
トラックには
四、五頭の牛
夕焼けに包装されて

夕日が宇宙を包む――

馬の目

吸いこまれそうな優しい目
二重のキラキラした目を見ていると
なんだか哀しくなったりして

優しさって

哀しみが微笑むこと？
馬の目の中に
わたしの知らない
〈真実〉がある

犬

犬を抱きながら
犬に抱かれている

この温《ぬく》もり
この淋しさ

そして

わたしと犬の心とが
互いの中で融け合って

一つのそれらしい
真実をさえ
　創り出す

生きる

生きるために
生きものを食べる

精進料理を食べて
いっしょに
生きてゆくという宿命を食べ

だから
冷蔵庫の中は
生きものの心の死骸がいっぱい

なまこ

なぜ
なまこ

生きているのに
死んでいて
死んでいるのに
生きていて

なぜ
なまこ

分からないのが
おもしろい

トマト

物干し台にトマトがひとつ
かたく熟して上むいて生っていました
今にも飛びたちそうに

どこまでも広がる空の下

ふいに幼い手が伸び
トマトの実をもぎ取りました
口から真っ赤な汁がしたたり
子供はうっとりしてほっと息をつきました

獣のように
風が鳥肌たてて通り過ぎてゆきました

その時から棲みついてしまったのです

トマトの哀しみ
わたしのなかに
灯《あか》りのように

月見草

地球も夢を見るのでしょうか
うっとりと咲く月見草

夢の月見草って
どんな色?

夕焼け

今日も
弔いはなかった

草や花の
虫や鳥の
魚や獣たちの

第二章

ある夏の記録

序奏

犬に引っぱられて転倒した

頭の中で金属のような音がし
コンクリートの上に叩きつけられていた

不意に現れた落とし穴

まるでこの世の破れ目から
堕ちてゆくような気がした

郵便はがき

料金受取人払郵便

新宿局承認

3971

差出有効期間
2022年7月
31日まで
(切手不要)

1 6 0-8 7 9 1

141

東京都新宿区新宿1－10－1

(株)文芸社

愛読者カード係 行

お名前《ふりがな》		明治 大正 昭和 平成 年生 歳	
ご住所《ふりがな》	□□□-□□□□	性別 男・女	
お電話番号	(書籍ご注文の際に必要です)	ご職業	
E-mail			
ご購読雑誌(複数可)		ご購読新聞 新聞	

最近読んでおもしろかった本や今後、とりあげてほしいテーマをお教えください。

ご自分の研究成果や経験、お考え等を出版してみたいというお気持ちはありますか。

ある　　ない　　内容・テーマ(　　　　)

現在完成した作品をお持ちですか。

ある　　ない　　ジャンル・原稿量(　　　　)

名				
買上 店	都道 府県	市区 郡	書店名	書店
			ご購入日	年　　月　　日

書をどこでお知りになりましたか?

1.書店店頭　2.知人にすすめられて　3.インターネット(サイト名　　)

4.DMハガキ　5.広告、記事を見て(新聞、雑誌名　　)

の質問に関連して、ご購入の決め手となったのは?

1.タイトル　2.著者　3.内容　4.カバーデザイン　5.帯

その他ご自由にお書きください。

(　　)

本書についてのご意見、ご感想をお聞かせください。

①内容について

②カバー、タイトル、帯について

弊社Webサイトからもご意見、ご感想をお寄せいただけます。

ご協力ありがとうございました。

※お寄せいただいたご意見、ご感想は新聞広告等で匿名にて使わせていただくことがあります。

※お客様の個人情報は、小社からの連絡のみに使用します。社外に提供することは一切ありません。

■書籍のご注文は、お近くの書店または、ブックサービス(0120-29-9625)、セブンネットショッピング(http://7net.omni7.jp/)にお申し込み下さい。

病室で

病院のベッドで夢を見る

墨染めの衣を着た人が
戸口に立ってわたしを呼んでいる

夢はあの世への中継地点だろうか

頭を強く打った
あばらを四本折った

鉄板に身を焼きつけるような
油蟬の声がしきりに聞こえてくる

痛み止めの薬が効いたせいか気分がいい

看護師が紋白蝶のように入ってきて
蜜を吸うみたいに針を刺す

不安

頭が痛みはじめる

医者が脳の断層写真を撮ったほうがよいと言う
急に不安がひろがってゆく

ひぐらしの声が
哀しい調べの琴のように聞こえる

蟬の合唱は
無数の個体のおなじ苦しみと悲しみ

死

声がしなくなった

蟬は土に帰ってゆくのだろうか
すべてがそうであるように
そして新たな生となって蘇る

死は終わることではなく
確実に何かが始まろうとすることなのかもしれない

紙袋

病室の前の道を
白い猫が横ぎってゆく
紙袋が風に飛ばされるように
生きものが物に見える時があるものだ

生きものと
物と
何の違いがあるのだろう

物は過去の生きもの
生きものは未来の物
人はなぜ生ばかりに執着するのだろう

花びら

脳の断層写真を撮る
わたしの前に秘密をさらしている脳
死の匂いさえする花びら

見てはならないものを見てしまった後味のわるさ
魂の断層写真を見せられたら
おまえはどうするか

夢

夢の中でしか
知らない知人がいる
知らない場所がある

夢の中に
わたしの知らない私がいる
死んでいた時のことや

死んでからのことを知っているだろうか

虹

虹がかかった

この世と
あの世のあいだに

わたし

第三章
日々

秋

宇宙に
ぽっかり
地球ぼし

虫が鳴いている

わたしの中から
湧き出るように

星空

目で
触っている
未踏の
光を
そして
触られている
わたしの
魂

流れ星

あっ
たった今
星が流れた

夜空の
涙のように

わたしの
知らない
哀しみ
宇宙のすきまに

手のひら

赤ちゃんの
手のひらには
無限の宇宙が
ひろがっていて

そっと
嗅いでみると

遠い原初の
星の匂いが……

コオロギ

おや
あれは
草むらに
落ちた星？

夜空を見上げていると
このわたしまでが
落ちた星に思えてくる

元旦

カレンダーの表紙をめくる
急に息をする数字たち
今年に灯《あか》りが点る一瞬!!

山茶花

山茶花の咲く道を
おばあさんが歩いている
この世が

そこだけ
ぽっかりと空いたような
　　　　　小春日和！

わたしには
見える
一枚の絵に

『花の道』
という題の——

爪

ぎゅっと握った

赤ちゃんの手
むりやりこじあけると
大切そうにしまわれている

さくら貝　五つ

どこの浜辺で
拾ってきたの？

早春

小鳥が枝に止まっている
春の蕾のようだ

春の山

今にも
咲き出しそう
さくら

心臓とおなじ音がしてきた

電柱

電柱は杭《くい》
打たれているのではないのだ

力強く
大地を打っていて

その力で
人の心をも
明るくしていて

産声

落とされた
宇宙の一滴
　その爆音!
世界がシーンと
音を立てる

若葉

ひかりが濡れている
　こぼれそうだ

かき氷

ひとくち食べると
キリリ！
頭のてっぺんに矢がささる
そのあと
スーッと下りてくる

ヒマラヤの風

泡

ポポポポポ
金魚の泡の一行詩

金魚は
なにを思うのでしょう

日の匂い

干した布団をとりこむ
一瞬つきあげる

日の匂い

それは
懐かしい母の匂い

匂いに
腕があるかのように
わたしは
匂いに
抱かれている

秋

透明な
悲しみが

戸を開ける

淋しさ

淋しさは
うすい光のようだ
抱かれながら
抱いている

夜

秒針が
孤独を

鳴らしている

元朝

空が
一枚
めくられている

原発

原発が
タンポポ抱いて
立っている

世界

空から見下ろすと
世界は
万華鏡だ

風鈴

仲良しと
笑っている

風鈴のように

星

夜が
磨く
星の悲しみ

凧

人と凧
つながれて
大空の夢となる

夢

眼は閉じているのに
夢の眼は開いている

夢は
見せつけ
体験させる

己に潜むどす黒いものさえも

駅

どの駅も
未知への
　一歩

音

この星を
揺すれば
悲しい　水の音

誰のせい？

座布団

四角も丸くなる
お座布団

長い間　座らせてくださって
アリガトウ

第四章
永遠へ

お婆さん

お婆さん
赤ん坊の顔して
座っている

無限に抱かれているのかしら

海へ

海よ
わたしは
あなたが怖い

ゴーゴーと
渦巻く波に呑まれそうで

あなたは
3・11という悲しい記念切手を出した
人々は涙を糊にして胸に貼った

それなのに
わたしは
あなたが
　大好きだ

オーイ
オーイ
と叫びたくなる

どこまでも　どこまでも
青く広がる　あなた

しかし
その青を
この手で掬うことさえできない

すぐそばにいるのに
遠い遠い　あなた

あなたを見ていると
永遠を見ている気がする

走りつづける

幼い日
走った
走っていた
海へつづく坂道を
自分をどこかに置き忘れ
海へ放つ矢のように

走った
走った
走っていた
海しか見なかった
海は高く高く立ち上がり

まるで空のように
どこまでもどこまでも
広がっていた

今
記憶の箱にしまわれて
幼いわたしが
　走っている
　走っている

心の中に映るのに
時の彼方を
走りつづける

そして

谺《こだま》のようにひびくのだ
わたしを呼ぶ
海の声が――

夜景

幸福も
不幸も
まざりあって
光っている

夜景――

ふと

夜空を見上げると
測り知れない優しさが
地上を見守っていて

夜空から……あの

夜空から
しゅうしゅうと降りてくる

あの優しさ!!

そのときわたしは
宇宙の深い眼差しを感じとっており

わたしの

小さな宇宙のその中に――

わたしの中に

わたしは
わたしの中に
小さな教会を建てた

わたしはそこに
神を鎮座させた

わたしの神は
わたしを見守るが
その神に
わたしは祈らない

わたしは
わたしを
拝まない

死

死は
人の胸に
いちばんよいものを残してゆく

例えば
笑顔

夕焼け

夕焼けは
一日の弔い

雲と
森が

しずかに
参列している

梢

梢は
しずかで
いいなあ

梢には
違う風が吹いていて
そこには
尊いものがある気がする

マトリョーシカ

孫娘を見ていると
不思議な気がしてくる
先祖の女たちが
このわたしまでが
しまいこまれているようで

ロシアの人形にあったっけ

なかをあけてゆくと
どんどんどんどん
小さくなってゆく同じ姿の人形たち
孫娘のなかには

わたしや娘やお嫁さんがいて
なつかしい母と祖母がいて
しまいには遠い先祖の女の子がいて

玉葱みたいに涙は出ないけど
一人ひとりのさかい目にには
やっぱり悲しい死があって
遠いとおいその死から
はるばる送られてきた命
わたしからお嫁さんに手渡され
今孫娘のなかで花が咲いたように笑っている

孫娘を見ていると
不思議な気がしてくる
大きな女の子を見ているようで

雪

雨戸を開けると
種子の中身をのぞくような畏れ

化粧

化粧をしないでいると
心がはがされて
美しくなる気がする

わたしの中を

窓の外で空の様子が変わるのがたのしい

入道雲がやってきて
大地を襲うように雨を降らせ
また晴れわたる

わたしの中で苦しみが去り
静けさがやってくる

容赦なく
またやさしく
わたしの中を自然が通り過ぎてゆく

萩の風

一刻のなかに
永遠がある
ふいに立ち止まる
老人

鏡

窺《うかが》っている
鏡の中の

もう一人の
　わたし

もしも
鏡のわたしが
ほんとうのわたしだとしたら
このわたしは
ただの
脱け殻？

脱け殻が詩を書いている!!

幻覚

太陽が

穴に見える
穴のむこうに
もう一つの空がのぞいている

まるで
この世の
出口のように

眠り

永遠に
どっぷり
つかっている

時の外へと
放り出されて

夢の自画像

ベッドに寝ていると
ふいに
　俎板の鯉になる

さあ　どうとでもしてくだされ――

そして
出逢う

夢の　自画像

あなた

鏡を見つめていると
あなたがのぞいている気がします

雨の音に驚かされて目が醒めるとき
雨は地面を叩きながら体の中に響きます

死後から聞こえてくるような
哀しみが雨に溶けている音

あなたがじっと聞いている気がします

あなたは心そのものですか

心とは違うものですか
心の中に住んでいるのですか

心の中にあなたを探します

心は暗い海のようでその在り処さえ分かりません
思いが波のように浮かび深みに沈んでゆきます
時どき感情が潮のように満ちてきて消えてゆきます

心とはいったい何なのでしょう
喜びや哀しみを点滅する灯《あか》りでしょうか

夢の中にあなたを探します

空を飛ぶ夢をよく見ました
美しい夜空を天女となって飛んでゆきました

わたしの知らない場所がありました
行き慣れた道をゆくように川のそばを通り
川の辺りの墓地を見下ろしていました
怖れと哀しみを感じながら……

いつも同じ夢でした
まるで思い出のように

あなたはあの墓地に埋められたのではないのですか

庭に小菊が咲いています
目のない顔がいっせいにこちらを見ています

夕焼け

夕焼けは
喪の色

秋の蟬が鳴いている

夏が喪に服した
証《あかし》に

もうすぐ
彼岸花が燃えるはず

永遠へ

わたしは
夕焼けが好きだ
わたしの思いを裏切らずに
くり返し朱《あけ》の美しさを見せてくれる

あのときも
あのときも

遠慮深い人のように
自分はいつも後ろにいて
　　消えてゆく

わたしは見つめる
永遠への抜け道が
そこにある気がして

たとえ
　永遠なるものが
　幻想だとしても

夢のむこう

清らかな川を見ました
むこう岸に人影が立っていました

二度目に見たとき
川の辺りに白木の舟が停まっていました

川のむこうを
じっと見つめている
　あなた

なにが
見えるのですか

わたしには
そこが

　夢のむこうに
思えてならないのです

完

おわりに

このたび、長い間、溜めこんだ作品に、未発表のものを加えて、拙い作品ながらも発表することに致しました。

私は今年（二〇二一年）八十六歳を迎えました。人生の終着駅も近づいています。私がこの詩集を仕上げることができたのは、与えられた重い歴史のおかげだと思っています。

私は、今は亡き詩人の宗左近先生に教えを受けました。今でも強く心に刻まれた先生の言葉があります。

「うまい詩、などない。へたな詩、もない。真実の詩。それがあるだけである」

この先生の教えは、今でも変わることはありません。

今まで、私のもとに多くの詩集が送られてきました。私の理解力の低さからでしょうか。拝読するたびに感じてしまうのです。

なんと難しい――と。

こうした傾向は多分、思考が邪魔をするからではないでしょうか。

詩は、風のように何処《いずこ》からか入ってきて、創り手と共振するものと思っています。

ある方が、私の詩の根っこには、アニミズムがあると言いました。

アニミズムは森羅万象、すべてのものに魂が宿るという信仰です。

分かりやすく言えば、生きとし生けるもの、さらに生きていないもの、例えば、空とか海とか風や光、さらに石ころに至るまで魂が宿るという信仰です。

詩とは、本来、沈黙するものたちから思いを引き出し、言葉にして差し出す作業です。しかしそれは容易なことではありません。

真理は、人間の外側にあるからです。強いて言えば、人間の内側にもあるのですが、見えないだけなのだと思います。

しかし、その沈黙が見えた瞬間、思いは詩人を離れ、宇宙的なものとなるでしょう。

本書を出すに当たり、文芸社の編集主任・宮田敦是様には、この上ないお力添えをいただきました。心より御礼申し上げます。

二〇二一年六月二十日

紀の﨑　茜

著者プロフィール

紀の﨑 茜（きのさき あかね）

本名　内田紀久子
1935年和歌山県に生まれる
桜蔭高校卒
日中学院で中国語を学び中国語教師となる
千葉県中国語弁論大会で優勝
第一回旭いいおか文芸賞入選
第二回旭いいおか文芸賞の特別賞を受賞
詩人・宗左近先生に師事
レイキ・ヒーリング・ティーチャー

著　書
　エッセイ集『魂は赤紫がお好き』（文芸社）
　詩集『夢のむこう』（書肆とい）
　詩集『魂っぽい』（ふたば工房）
　少年詩とエッセイ『幸福な空き地』（宮坂印刷）
　翻訳『斑竹姑娘』（宮坂印刷）
　少年詩集『地球に生まれて』（宮坂印刷）
　翻訳『李清照詞選訳』（ふたば工房）
　短詩集『ちきゅうぼし』（らくだ出版）
　エッセイ集『幻想は魂の音楽』（宮坂印刷）
　エッセイ集『うたの森』（宮坂印刷）
　エッセイ集『永遠の音』（宮坂印刷）
　エッセイ集『霊界はこの世にあった』（文芸社）
　エッセイ集『星が教えたもの』（文芸社）

詩集　夢の自画像

2021年7月15日　初版第1刷発行

著　者　紀の﨑 茜
発行者　瓜谷 綱延
発行所　株式会社文芸社
〒160-0022　東京都新宿区新宿1－10－1
電話　03-5369-3060（代表）
03-5369-2299（販売）

印刷所　株式会社フクイン

ISBN978-4-286-22699-6